너도
행복해졌으면
좋겠어

황리제 감성시집

너도
행복해졌으면
좋겠어

다차원
북스

어느 절망이 있었다.
어김없이 그날도 절망은 절망을 하고 있었다.

자신을 생각으로 학대하며
이젠 무엇을 해야만 하나
세상을 놓으려 하는 절망이 있었다.

그런데 그날 역시
절망의 마음을 감싸도는 건, 슬픔이었는데
그날따라 자신의 슬픔이
더 안타깝기도 하고 아름답다고 느껴졌다.

그때부터였을까.
절망은 그렇게 펜을 들었다.

제일 먼저 무엇에 대해서 쓸까
생각하다가, 그 생각은 기껏 해봐야 6초 남짓이었다.

그 애. 희망이란 아이였다.
우린, 사랑하기 힘들 것 같다며
떠난 그 애였다.

절망의 첫 문장은 이렇게 시작된다.

—

이루지 못한 것들이
나를 살게끔 만드네.
희망이란 – 이름으로.

차례

PART 1

백지도 결국엔
쓰여지길 원하지

변하다

변치 않는 건 없다는 걸 알면서도
변하는 건 언제나 상대방 쪽이었다고

알면서도
그렇게 알면서도

좁은 방 안에
사랑을 키웠죠.

나도

네가 날 쉽게 잊었다는 걸
내가 알 수만 있다면

나도 널 어렵게
잊을 수 있을 텐데.

행복

행복해보이나요? 제가.
그러게요.
행복해보여야 할 텐데 말이죠.

당신에게.

G

G는 그 누구보다 신을 믿는 사람이었다.
그녀는 언제나 밝은 것만을 추구해서
때론 그녀도 삶의 이면을 아는지 궁금하곤 했다.

G의 마음은 너무나 고결하고 예뻐서 행여나
슬픔이 그녀에게 닥쳐도

슬픔조차 그녀가 믿는 그 신이
곧 해결해줄 것만 같았다.

G와 함께 있으면
나의 고민과 슬픔은 너무 때가 탄 고민이라
G에게 털어놓을 수 없었다.

가끔씩 G는 그런 나의
그늘을 바라보다가

문득문득 똑같은 말을
되풀이했다.

"신을 믿어야 해."

그 애

당신이란 말은 어울리지 않는다.
그대는 더 어울리지 않았다.

그럼, 그 사람?
아니. 너무 딱딱했다.

그 애는?
맞아 그 애 -
어른이지만 그 애.

내 마음 속 그 애.

이제야 어울렸다.

'그 애'에겐 '그 애'라는 이 단어가.

── 하나

나 하나 없어졌다고
다들 떠들썩했다고 한다.

나 하나 없어졌다고
다들 내게 무슨 일이 생긴 게 아니냐며
그리워하고 찾았다고 한다.

내 안의 상상이
이렇게 생각하면
너의 그 뜨거운 눈물이

이제는 그칠 수도 있다며
방법을 일러주었다.

함께 읊는다.

: 나 하나 없어졌다고
다들 나를 찾는다고 했다.

가난

남자는 가난을 지탱해왔고
여자는 가난을 버텨왔다.

그 둘이 만나 아이를 낳았는데

남자와 여자는
그 작은 갓난아기로 인해 가난을 잊고
앞으로, 이 아이를 위해 지탱하며 버텨가게 된다.

염원하며 —
이 작은 생명이, 큰 운명이 되길 염원하며.

그렇게
여자와 남자는 가난을 피해가며
아이를 키우게 된다.

지탱하며. 버텨가며.

당신의 시선엔
나의 나약함이 보인다.

그 시선에
나만은 비껴가주길
나만은 비켜가주길

비겁하게 바란다.

난 그 비난에
비극처럼
무너질 것을 알고 있기에.

미안해

그 애는 항상 내게 미안하다는 말을 자주했는데,
그게 더 미안해야 할 행동이란 걸
그 애는 알았어야 했다.

난 그 미안하단 말을 들을 때마다
내가 더 그 앨 좋아한다는 걸 알았다.

의도

그 애는 미친 것 같았다.

그 사람이 알려주지 않은
이별의 의도를 깨닫기 위해

수천 개의 문장을 쓰고 있었다.

흉터

내가 싫어지려고 할 땐
나의 이 흉터를 보아요.

이 흉터는
지워질 수가 없죠.

그대는 품을 수 없던
숨기고 싶었던 나의 흉이었죠.

내가 버티고 견뎌왔던
삶의 표시였죠.

내가 싫어지려고 할 땐
나의 이 흉터를 보아요.

N

N은 흉터이다. 때론 N을 대일밴드로 가렸었는데
대일밴드에도 넘치는 N의 길이에 어린 마음에 속상해 운 적이 있었다.
한번은 땅에 붙은 껌을 떼는 것처럼 N도 없앨 수 있지 않을까 하여
날카로운 것으로 N의 부분을 긁어내었는데

지금 생각하면 어리석으면서도 잔인한 행동이었다.

: 흉터는 가릴수록 더 빛을 냈다.

유년 시절

아마 유년 시절의 첫사랑이었으리라.
너무 좋아해서 실제론 학교에서 말해본 적이 없었다.

이때부터 시작됐을 것이다.

진짜를 놓치는 사랑법.

글

한번은 A에게 내가 쓴 글을 보여준 적이 있었는데,
글에 딱히 관심 있는 친구는 아니었지만,
내가 썼단 이유만으로

관심 있게 보아주고
자기 자신만의 생각으로 내 글에 해석을 덧붙였다.

사랑은 대단한 사건에서부터
시작되는 것은 아니었다.

사소한 것들이 대단히 모여져 있었을 땐

우리는
이미 돌이킬 수 없는

사랑이란 종착지에 서 있었다.

어떤 애

인생을 살다보면

함께한 추억조차 없는데도
생각나는 사람이 있었는데

A가 그랬다.

생각

나는 심심하거나 외롭거나 지치거나
그냥 TV 볼 때에도 A를 생각했다.
그저 생각했다는 것보단
생각에 존재해서 늘 생각했다.

그 모습

그 어떤 날.
그 애가 뒤돌아 걸어가는 모습을
점이 될 때까지 오래 지켜봤는데,

나도 모르게 그 자리에 주저앉아
눈물을 흘렸다.

그것이 내가 볼 수 있는
그 애의 마지막 모습이란 걸
직감했기 때문이다.

그 어느 누구도

내가 너를 생각하듯이
어딘가에서
그 어느 누구도
나를 생각하는 사람이 있을까.

다른 이들의 마음을
알 수만 있다면.

내 마음.
이렇게 고독의 고요함에
잠겨 있지 않아도 될 텐데.

결심

나, 어느 날 결심하고 말지.

"더 이상 사랑은 하지 않아."

—

사랑을 하지 않으면
내 여전한 마지막은 당신이니까.

완벽

완벽하지 못한 문장은 미련 없이 지워버렸다.

p.s
내 어리석었던 사랑을 추모한다.

로봇

나는
로봇이지.

그 누군가가
흔들릴 때까지

글을 생산해내는
로봇.

우산

햇빛이 쩌렁쩌렁하게
쨍쨍한데도

늘 우산을 갖고 다녔다.

대비하기 위해서였다.

그러나
당신은 대비하지 못했다.

냉장고

토끼요정 : 너는 냉장고와도 같아.
척척박사 : ?

토끼요정 : 갖고 다닐 수가 없어.
척척박사 : 날 왜 갖고 다녀.
척척박사가 웃음을 터뜨렸다.

토끼요정 : 또 있어.
척척박사 : ?

토끼요정 :

내가 널 열어야만
너는 내게 열리잖아.
난 그게 언제나 슬펐어.

숨기다

가난은 옷으로 숨길 수 있었고

맛있는 음식 역시
나 편할 때 먹을 수 있게
숨겨놓을 수 있었다.

제일 중요한
내 운명 속에서
당신도 숨기고 싶었으나

그게 잘되지 않아서
내가 숨어버렸다.

당신 편안하게
새로운 사랑하라고.

미운 친구

그들이 나를 떠난 건
내가 보잘것없이 작고 초라해서
떠난 거라고

나 유명해질 거라고
나쁘게 말고 좋게 유명해지고 싶다고 말해보면

친구는 네가 뭘로 유명해질 건데 –
황당하다는 듯이 웃었다.

그러게 나 뭘로 유명해지지.

나는 작고 작은데
왜,
내 꿈은 거대하게 아름답지.

슬픈 표정

그 애는 내가 볼 때
슬픈 표정을 자주 보이곤 했다.

슬퍼 보인다고 어디 슬픈 일 있었던 거야-
라고 물어보면

그 애는 슬프지 않다고
언제나 그랬듯이 말해왔다.

다행이야. 내가 말했다.
———
슬프다고 그 애가 한 번이라도
내게 말해주었더라면

난 그 애를 이렇게 쉽게
놓아주진 않았을 거다.

무리와 나

무리 속을 동경하면서도
막상 무리가 되면
도망치기 일쑤였다.

옛사랑

그래도 내가
당신의 과거라도 되어서 기쁘다.

: 당신의 어느 한세월에
내가 스며들어 있으니.

오늘따라

오늘따라 당신이 더 보고 싶다.
이제는 텍스트일 뿐인 당신을.

감탄

내 감정을 쓴 글에
당신이 감탄하도록 하고 싶었다.

그저 놀라움이 아니라
감탄하도록 하고 싶었다.

세상에
이런 슬픔도 있느냐며.

내 슬픔에
반하게 하고 싶었다.

존재

내 말을 따르는
내 말을 온몸으로 귀담아
따라주는 존재가 있다.

일방적으로 듣는 존재이면서
평생을 귀담아 더 들어주는 존재가 있다.

존재는 어느덧 나이 든 동물이 되어 있었다.

비하

그 누구도 그 비하에 태클을 걸 수 없었다.

깊은 밤이 되고 나면
자신을 겨냥한 비하가 시작되었다.

모두가 작가가 되어 자신을 신랄하게 비하할 수 있었다.

대부분 자신이 선택한 결과들에 대하여
비하를 했는데

그 누구도 자신이 겪어온 사랑에 대해선
비하하지 않았다.

비하하기엔
이제는
아름다웠기 때문이다.

짝사랑

나를 짝사랑했던
사람은 없었다.

나 역시

사랑했으므로.

어떤 집

모든 세상의 자녀가 그러하듯이
자신이 잘되는 것이
부모님을 기쁘게 하는 방법이다.

그러나 가끔은
어떤 집안에서는 자녀가 굳이
노력을 하지 않더라도

이미 조금은 실패한 삶이었어도
사랑을 듬뿍 받고 있는 집이 있었다.

아픈 자식이었기 때문이다.

좋아할 줄만 알지
이어 나갈 줄은 몰랐다.

서둘렀으므로.
그리고 서툴렀으므로.

나는 한때,
내 글을 사랑하지 않는 사람을
사랑했다.

아무도

A _ 난 네게
아무도 없다는 걸 알아.

B _ 어째서?

A _ 그 누가 봐도
우린 어울리지 않는데
내 옆에 찰싹 붙어 있잖아.

B가 가볍게 미소를 지었다.

남남

나는 못됐나봐.

너랑 난 헤어지면
남남이란 사실을
자각했어야 했는데

난 네가 나를
구제해줄 줄 알았나봐.

이 삭막한 현실에서

사랑이란 이름으로.
...
사랑이란 이름으로.

사과

자꾸 잡생각이 나서
이번 글의 제목은 사과로 정했다.

미치겠다. 글을 쓰려했던 건
빨간 사과인데

당신이 또 떠오른다.
미안하다고 사과라도 해버릴까.

그렇게라도
한 번이라도
소식을 알 수만 있다면.

빨간 사과.
빨간 미움.
빨간 사랑.

이유

우리가 정말 끝났다고
생각하는 이유는

이제 난 네가 날
사랑하나 안 하나를

확인하고 고민하는 게 아니라

네가 날
잊었나 잊지 않았나를

고민하고 확인하기 때문이다.

추억

이제는 너와 있었던 일을
더 이상 추억할 게 없다.

너를 더 이상
사랑하지 않아서가 아니라

하도 생각해서
추억을 더듬을 만한 신선한 기억이

내겐 이제 없다.

일식(日蝕)

태초에 태양과 달이 사랑했다.
태양은 자신을 보러 온다던 달이 언제나 늦게 오자
자신도 뒤이어 밉고 미운 달이 오면
재빨리 몸을 숨겼다.

그러나 태초에 어느 한, 달이 있었다.

이루어질 수 없다는 걸 알면서도
태양을 여전히 흠모하는 어느 한, 달이 있었다.

어느 날 달이 도저히 이대로는 미칠 것 같아서,
견딜 수가 없어서
몸을 숨기려던 태양을 껴안았다.

갑작스런 달의 태도에
당황해하는 태양에게
달이 시선을 마주쳤다.

일평생 당신을 만나러 오는 이 길이
식상하지 않았어요….

달이 말했다.

그 순간

사랑하는 그 순간은 모르지.
우린 훗날 서로를 찾으며 미워하게 될 거야.

그러나
사랑하는 그 순간은 모르지.

시

이 세상이 아름다운 이유는
시가 있고
당신이 있으며
당신으로 인해

시를 지을 수 있기 때문이죠.

사람들

사람들한테
상처받고
마음에 돌을 맞고
또 상처받아도

그럼에도 또다시
사람이 그리워
찾아다니는 나는
참, 이상한 사람이다.

영영

넌 내가 쓰는 글들에
별로 흥미를 못 느꼈었지.

그치만
이런 생각도 들어.

네가 글을 알고 느끼고
쓸 줄 아는 친구였더라면

하마터면
난 너를 영영
잊을 수 없었을 거야.

묻다

말이 유창하지 않아서
글을 알게 되었다.

너를 더 이상
알아갈 수가 없어서

난 나를 알아가야 했다.

묻고 싶었다.
나를 놓아버린 이유를.

그냥 알면서도
묻고 싶었다.

기분 좋은 날

하루하루가 겁이 나곤 해.
자꾸만 떠오르는 생각들 때문에,
난 아프기까지 해.

그렇지만
오늘은
나름 기분이 좋은 날이야.

너를 다섯 번밖에 생각하지 않았거든.

사랑할 방법

너를 더 이상 사랑할 방법이 없어서
너의 이름과 셀 수 없이 사랑했지.

앞으로

앞으로
너를 아프게 할 사람은 누굴까.

난 너가 너무 소중해서
아프게 할 수 조차 없었는데.

유일한

너를 잃었지만 너를 만날 수 있는
유일한 수단이 있었다.

– 글을 적는 것이었다.

이익과 냉정

이익이 안 되면
냉정하게 쉽게
내쳐버리는
너의 차가움.

그 차가움 안에
따뜻한 무언가가 있다고.
있을 거라고. 변화시켜 보겠다고.
너의 차가움을 사랑했다가.
이젠 그 누구도
사랑할 수 없게 된 얼음이 되어버린 나는.

못했어도

공부는 못했어도
노래도 잘 못했어도
그림도 어쩌다가만 잘 그렸어도

슬퍼하는 법은
수월하게 변덕 없이 잘할 수 있었다.

PART 2

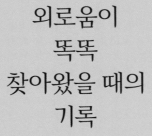

외로움이
똑똑
찾아왔을 때의
기록

외로움과 거짓

외로움이 집에 있다가
너무나 외로운 마음에 집을 나섰다.

터덜터덜 하염없이
길을 걷다가 거짓을 만났다.

거짓이 매력적인 억양으로
외로움의 이름을 불러주었다.

외로움은
거짓인 걸 알면서도
수줍게 말했다.

"내 사랑이 되어주었으면 좋겠어."

거짓이 말했다.

"난 모든 게 거짓인데도?"

"응…. 거짓이면 어때.
그래도 넌 나와 이렇게 함께 있어주잖아."
외로움이 가냘프게 웃었다.

그때
거짓의 마음도, 잠시 심장이 흔들렸다.

그대

그대 어디서 뭐해요.
사랑을 하고 있나요.

그 어느 누군가와

사랑을 하고 있나요.

행복하게
웃으면서

사랑을 속삭이겠죠.

나는
고이 접어두고
우리의 추억
묻어두고

그렇게 사랑을 하고 있나요.

떠나는 것들

- 떠나는 걸 붙잡는 방법은 없나요.

- 누굴 말이니.

- 전 붙잡아야만 해요.
그 애를요.

- 안타깝지만, 애야….
이미 그들은 마음을 먹었단다.

다시

누군가의 새로운
사람이 되기 위하여.

___
누군가

나는 누군가와 알게 됐다고 해서

신이 나는 바람에.
신이 나는 바람에.

급속하게 친해지기도,
순식간에 사랑해버리기도 해요.

그런 나를 당신은
언제나
못마땅해 하며 나무랐지요.

그렇지만
당신은 알까요.

외로운 것들은
바라기도 하고 상상하기도 한답니다.

자신의
이름이 다정하게 불리어지는 것을.

사랑

안녕.
난 앞으로 네 맘속의
애인이 될 사랑이라고 해.

널 기막히게
아프게 할 작정이지.

답장

오늘,
모든 답장은 재미없었다.

그러나 그들은
너무나도 상투적인 뻔한 말과

너무나도 일상적인
말들로

나를 위로한다.

잇다

넌 그게 쉽게 되는구나.
사람을 잊는 일, 그 어려운 걸.

___

아픔

아픔이 사랑을 뒤덮으니

이게 바로

이별이로구나.

그때

그래도
사랑했었나 봐요.

너무나 미운데
가끔씩 미소가
나도 모르게 번지네요.

그래요.
그때, 우린
행복했었나 봐요.

——
끝

다들 내가
끝났다고 말했다.

끝나고 끝나서
지금보다 더 안 좋은
상황은 없을 거라고.

바닥을 내려다보니,

운동화 위에
눈물이 톡 떨어졌다.

"누굴 사랑한 죄밖에 없었다."

똑똑

실례합니다.
잠시
마음을
빌려주서서

감사했어요.

그럼 안녕히.

나의 슬픔

그들은
나의
슬픔을 원했다네.

난
이미
슬퍼하고 있는데도.

그대도 나도 우리도

딸들은 언제나
부모에게 사무친다.

무심코

그대가
외로운 누군가에게 무심코 건넨 말이

누군가에겐
하루 중 처음 듣는 말이자

그날의
따뜻한 마지막 말이 되었다는 사실을

그대는 몰랐다.

밤은 깊어만 가고

밤은 깊어만 가고.
난 고독해지고.
내 맘 털어놓을 사람도 내게는 없고.

어디에도 내 맘 달랠 곳 없네.
어디에도 내 맘 달랠 곳 없네.

난 이제는 말이야.
난 꼭 만나고 싶어.
내 운명의 사람들을.
내 소중한 인연들을.

나 즐거울 때 함께 웃어줄 친구가 없어.
그래서 혼자 미소 짓는 법을 배웠어.

나 슬플 때 함께 울어줄 친구가 없어.
그래서 난 친구란 걸 사실 잘 몰라.

그런데도
나도 모르게
고독해지는 밤에는
친구가 필요했네.

─── 준비

혼자여도
혼자인 걸
두려워하거나 너무 의식하지 말자.

준비 단계는
누구나 혼자가 될 수밖에 없다.

당신이 만개하기 위해서.

더 힘든 이유

힘듦보다 더 힘든 건,
아무 감정이 없다는 거다.

그리고 그 무엇에도
더 이상

궁금하지 않다 - 는

무감각의 횡포.

뜨거운 아이

차가울 거라 생각하고
다가가지도 않았지.

누구보다도 뜨거웠던 아이에게.

재미없을 것 같다고
다가가지도 않았지.
다가오면 어떻게 즐겁게 해줄까

고민하던 아이에게.

잘난 척하는 것 같다고
다가가지도 않았지.

아무것도 가진 게 없던 아이에게서.

마음이 고팠다.
오랫동안 사랑을 주지 않아

마음이 엎드려 있었다.

행여나 누군가 연락이 올까봐
휴대폰에 귀를 기울이며

마음은 그렇게,

엎드려 시간을 보냈다.

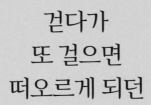

PART 3

걷다가
또 걸으면
떠오르게 되던

── 해질녘

해질녘. 집으로 돌아오는 길.

한숨으로
실패를 내뱉었네.

언제쯤 부모에게 달려가

드디어 이루었다고 말할 것인가.

조용한 사람

조용한 사람은
이미 알고 있는 사람.

무언가를
이미 알고 있는 사람.

선(善)

어쩔 수 없이 당하는 약자는
지금은 어쩔 수 없다.

선이 이기는 경우는
항상 최후였으므로.

소수만이 아는 사람

자신의 못남에 갇혀
살아가야 한다는 것은 가슴 아픈 일이다.

그렇기에 당신은
어딘가에 숨어서 살아가고 있을 것이다.

숨어서 산다는 것은
세상에 알려지지 않음이요,

소수에게만 알려진 존재요,

그런 소수가
당신에게 가지고 있는 심정은

그건 우리가
표현해 낼 수 없는 감정이다.

타인의 예술

내 안의 분노가
조금씩 사그라들고 있다.

인생은 반복의 반복이라
다시 이 험한 감정은 날 찾아오겠지만,

그것 또한
이내 사그라들 것이다.

아마도 그건 지금의 경우처럼
타인의 예술에 의한 것일 것이다.

타인의 감수성에 취하는 것은
낭만에 젖게 한다.
사람을 낭만적이게 하는 힘은 대단한 것 같다.

죽어가는 사람을 영화의 주인공으로
캐스팅해버리니까.

과거

과거가 어느날 찾아와서
함께 미래가 되자고 할까봐

쉽게 과거를 못 놓겠어.

다시 만날 때까지

기다려. 기다려.
다시 만날 때까지
사랑하지 말고.

계절이 바뀌고
아름다운 밤이 찾아올 때
그때, 그때 너를 찾아갈게.

우린 편해졌고
그만큼 뻔해졌다.

우울

그렇다고 우울을
적대시하지도 않습니다.

왜냐면 대체로

사람들이 다시

행복하게 해주거든요.

적

무서웠던 적과 싸우게 되면
더 이상의 두려움보단

비로소
동등해진다.

유죄

유죄의 사람들만이
유치함을 만들어낸다.

충동

밤에 한 모든 충동들은
아침의 숭고함에 고개를 숙인다.

언제나

내게로 첫 번째로 달려와줘.
내게서 언제나 기억되고 싶다면.

예감

당신을 사랑하는 이의 예감은 틀리지 않는다.

그들은 항상 언젠가를 본다.

당신이 혹시라도,

폭풍에 휩싸이지 않게.

생각과 친구가 되면

글을 써내려가는 이유는
나의 생각을 사랑하기 위해서다.

적어도 글을 쓸 때면
나를 모질게 했던 생각과 친구가 될 수 있으니.

생각과 친구가 되면
그는 내게 동반자요, 운명을 다시 한 번 바꿀
능력을 부여한다.

그 거짓말

내게 말이야.
당신이 지금 말하고 있는
그 황홀한 말을
거짓이라는 것을 내가 깨닫지 못하게
계속 그 거짓말을 말해줘.

조롱

한 번이라도 조롱받아 보지 못한 사람은
결코 성장할 수 없다.

조롱을 분하다고 여기지 마라.

그 이는 당신 스스로를
넘어설 기회를 만들어 주었다.

그러나 너무나도 분하고
그 기회를 갖은 것만으로도
대체할 수 없는 노여움이라면

한 가지 방법이 있다.

당신 자신이 하늘로 치솟아버린
존재가 되어

그를 군림하는 것이다.

대답

대답을 기다리다가

어쩌면
난 너를 사랑했다기 보다는

하나의
대답을 사랑했던 건 아니였나

라는 생각을 잠시 했다.

대답을 기다리다가

어쩌면
난 너를 사랑했다기 보다는

하나의
대답을 사랑했던 건 아니었나 —
라는 생각을 잠시 했다.

기적

기적이란 단어 참 좋아해요.
듣거나 보기만 해도

그건 꼭 내게도
언젠가는 일어날 수도 있을 것만 같거든요.

아,
기적이 꼭 다른 사람들에게만
일어난다는 법은 없으니까요.

결국에는 말야

네가 다른 누군가와

더 정답게 더 깊이 대화의 꽃을 피워도
내 마음은 전혀 불안하거나

흔들리지 않아.

오히려 더 기분이 묘해질 뿐이야.

네가 아무리 노력해 봐도
결국엔 나라는 걸 알기 때문이야.

차가운 베개

그 소녀는 그곳에 숨어 있었다.

눈물이 젖은 차가운 베개에
얼굴을 묻고,
누군가 문을 열고
자신을 발견해주기를
상상했다.

그리고 생각했다.
그를 사랑하리라.

곤경

내가 곤경에 처해 있을 때
내가 사랑하는 이, 너는
날 도와주진 않아.
군중들 틈새로 들어가

내가 처한 상황을 지켜보고 있지.

날 사랑하지 않아서가 아니란 건 이미 알고 있어.
그건, 나의 엄마처럼 핏속까지 사랑하지 않아서야.

겁

너는 비겁했고 나는 겁이 많아.

보고 싶어

아침에 보고 싶어 하는 건
사랑스러운 기쁨이고

점심에 보고 싶어 했던 건
여유로운 마음가짐이었고

오후에 보고 싶어 하는 건
상대를 그리워하는 마음이지만

깊은 밤에 보고 싶어 하는 건
대체로 이미 끝난 것들에 대한
연모이다.

그곳

너를 아프게 하는 곳엔 가지 마.
그곳엔
너를 기쁘게 해줄 사람
한 명도 없으니까.

수신인

이 편지는 잘못됐다.
어디서부터 잘못된 걸까.

수신인은 그 애가 아닌데
난 편지를 쓰고 있다.

이 사람은
그 애가 아닌데도
편지엔 아름다운 말들이 가득하다.

청춘의 날.
나 뭐가 그리 급해
허겁지겁 사랑을 만났나.

진짜는 너였었다고.

네가 가짜였어도
진짜는 너였었다고.

싸움

싸움을 잠재우는 건 침묵이야.
그런데 그거 알아?
싸움을 일으키는 것도 침묵이지.

불행

이곳저곳 기웃거리고 있던 불행도
잠을 청하고 있던 그 사람에게로는
가지 않았어.

고요히 곤히 잠든 그의 모습은
행복해보였거든.

그래.
너무 당연한 행복을 지니고 있는 이에게
불행은, 달려들지 않지.

나도 시인.
그러나 사람들은
나의 꿈을 부인.

그들은 꿈을 이뤄버린
장인.

그러나 난
아직 꿈을 이뤄가는 신인.

당신들의 글의 애인.

머무르다

이제는 정말
끝났다는 걸 알면서도
머물렀지.

혹시라도
다시 사랑이 되어달라 할까봐,

그렇게
서성이며 머물렀지.

숨는 사람

숨는 사람이 을이다.
바라니까.

결국엔 찾아주기를
바라니까.

숨는 사람이 을이다.
바라니까.
결국엔 찾아주기를
바라니까.

___

눈빛

그깟
싸늘한
눈빛에
슬퍼하기엔,

난
아직
이룬 게 없었네.

다른 사랑

"난 이미 다른 사랑도 겪었는데
그래도 괜찮아?"

여자애가 위축된 채 말한다.
마치 사랑을 했던 게 죄인 것처럼.

곰곰이 귀 기울이며 듣고 있던
소년이
소녀의 심장을 단번에 울린다.

"응."

떠나가

네가 떠나가든
모두가 떠나가든
내 상관할 바 아니지.

결코 떠날 생각이 없는 것들이
이미 내 곁을 지키고 있기에
난 무너질 수가 없다.

초라함

난
초라한 사람들이 좋아.

난
초라한 사람이 좋아.

난 그 사람의 초라함이 좋아.

난
그 안의 반짝거림이 좋아.

시작

시작하라.

작은 것.

그 안에서 초월을 꿈꾸다.

마지막

원래
마지막에
안녕이라고 말하는 사람이
더 사랑한 사람이었다.

거짓말

거짓말 하는 사람이나
거짓말 듣는 사람이나
당시에 그것이 거짓말인지 모른다.

그저
사람은, 헤어지면
모든 게 거짓말이 된다.

작은 소망

나는
인생이 재미없다던

그 애가 가끔씩 생각난다.

실패의 지루함을
끌고가는
그 애의 노련함을 지켜보다가

나는 결국
한마디하고 만다.

"너도 행복해졌으면 좋겠어."

훗날

그대는 지금 이것을
흘려보냈지만
훗날 이것을
깨우치러 다시 이곳을 찾게 될 것이다.

PART 4

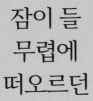

잠이 들
무렵에
떠오르던

백조와 오리

백조만이 모여 있는 곳에 오리가 있으면
귀여운 오리가 되고

오리만이 모여 있는 곳에 백조가 있으면
그 백조는 아무것도 아니게 된다.

구걸

돌이켜보면 심장 구걸이 제일로 치졸한 것이다.

뛰게 만들려고 하니까.

이미 멈춘 마음을.

편지

완벽한 편지는 아직 도착하지 않았으므로
나는 아직, 정착할 수가 없다.

모르는 사람

그대를 모르는 사람은 좋겠다.
그대를 천천히
알아갈 수가 있을 테니.

난 이미 그대를
알아버려서
더 이상 다가갈 수조차 없네.

누이

다시 태어난다면
그대의 누이로 태어나리.

뗄래야 뗄 수 없는
그대의 가족으로 태어나

나의 이름이
그대의 입술 사이로
수천 번 불리워지기를.

어쩌면

당신은 지금 그것을 겪고 있고
겪어왔기에, 훗날 사람들의 감동이 될 거야.

그 감동은 결코 잊혀질 수가 없고
기억될 것이며 어쩌면 기록될지도 몰라.

어떤 연락

친하지도 않은 너에게 연락을 했어.
내 맘 어디에서도 달랠 길 없어,
친하지도 않은 너에게 연락을 했어.

혼자여도

혼자여도 넌 빛이 날 거라
누군가가 내게 말해주었다.

그 말은 날
이곳에 남을 수 있도록

지켜주었다.

믿지 않다

믿지 않겠다고 단정 짓는 건,
그것을 한 번이라도 사랑했다는 증거이다.
내가 사람을 믿지 않았던 것처럼.
내가 꿈을 믿지 않는 것처럼.

우두커니

나에게서 이 한 명조차 뺏어 가면 난 어떡하니.
울기를 바라니.
침묵하기를 바라니.

겁은 많아서
사라져주진 못해.

나 또한

네가 오지 않았기에,
나도 가지 않았다.

가지 않는 것,
그것은 일종의 반격이다.

거울

슬픈 이들은
거울을 보지 않는다.

왜냐하면,
모든 마음이
이미 자신을 향해 있는
거울이기 때문이다.

괜찮다

괜찮다.

늦었기에 더 폭발적이다.

당신에게

주고 싶었다.

세상의 모든 것들을 당신께 주고 싶었다.
더 이상 정신적 희망의 메시지만이 아닌,

세상의 모든 화려함을 당신께 갖다 바치고 싶었다.

——
꿈이 말했다.

꿈이 말했다.

'나'를 이루라고.

하지만
내가 더 비참해졌던 건,

내 꿈은
너무 꿈이라는 거야.

그때
꿈이 한 번 더 말했다.

'나'를 이루라고.

가장 사랑한 것

당신이 가장 사랑한 것을
당신이 사로잡을 수 없을 때

보여줄 수도 없고
보여질 수도 없는

詩들이
당신으로 하여금
탄생될 예정입니다.

사랑

그는 괜찮은가보다.

사랑이 이렇게
녹아가며 흐트러지고 있는데

그는
정말 괜찮은가보다.

덜 사랑한 쪽이
더 악독한 때가 있었다.

어른

어른이지만.
이미 어른이지만.

무엇이 되고 싶다고.
자꾸만 무엇이 되고 싶다고.
내 이름이 자꾸만 보챈다.

선한 말

어떤 선한 말은
상대방을 괴롭힐 때가 있었다.

선한 말은 곧
거리를 두는 한 수였기에.

___

꽃

넌 꽃과 같은 사람이야.
한때 - 라는 걸 너무나도 잘 알지.
근데 문제는
어떤 한때 - 는 평생이 될 수도 있다는 거지.

그게 무섭다는 거지 난.

다들

다들, 처음을 사랑했지만
진짜는 뒤늦게 온다.

마지막 이별 인사로
혼자가 편하다고
말했던 친구.

그 친구를
난 아직도 사랑하나보다.

함께
혼자이니까 말이다.

PART 5

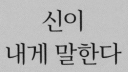

신이
내게 말한다

신이 내게 말한다

신이 내게 말한다.

"이곳이 너의 시작이다."

신은 내게 볼품없고 초라하기 짝이 없는 곳을

가리키며 그곳이 나의 시작이라 했다.
내가 구름에 걸려 있는 시계를 본 뒤

다급하게 말한다.
"어째서 저에겐 이런 곳을 시작이라 하십니까?
가기 싫습니다. 이런 곳은 제게 어울리지 않습니다.
신이시여. 정녕 저를 사랑하십니까?"

신이
특유의 미소를 지으며 말한다.

"너이기에 그래야만 한다."

PART 6

안녕

안녕

안녕.
A가 말했다.
그러자
B도 지지 않고
말했다.

안녕.

그렇지만
안녕을 한다고 안녕이 될까요.

이렇게,
마음속에

서로가
여전히

앉아 있는데.

황리제 감성시집

너도 행복해졌으면 좋겠어

지은이 | 황리제
펴낸이 | 황인원
펴낸곳 | 다차원북스

신고번호 | 제2017-000220호

초판 1쇄 인쇄 | 2018년 04월 23일
초판 1쇄 발행 | 2018년 04월 30일

우편번호 | 04091
주소 | 서울특별시 마포구 토정로 222(한국출판콘텐츠센터 419호)
전화 | (02)333-0471(代)
팩시밀리 | (02)334-0471
E-mail | dachawon@daum.net

ISBN 978-11-88996-20-9 03810

값 · 13,000원

ⓒ 황리제, 2018, Printed in Korea

이 도서의 국립중앙도서관 출판시 도서목록(CIP)은 서지정보유통지원시스템 홈페이지(http://seoji.nl.go.
kr)와 국가자료공동목록시스템(HYPERLINK http//www.nl.go.kr/kolisnet)에서 이용하실 수 있습니다.
(CIP제어번호: CIP2018007998)